衛斯理系列 少年版 35
筆友

上

作者：衛斯理

文字整理：耿啟文

繪畫：鄺志德

老少咸宜的新作

　　寫了幾十年的小說，從來沒想過讀者的年齡層，直到出版社提出可以有少年版，才猛然省起，讀者年齡不同，對文字的理解和接受能力，也有所不同，確然可以將少年作特定對象而寫作。然本人年邁力衰，且不是所長，就由出版社籌劃。經蘇惠良老總精心處理，少年版面世。讀畢，大是嘆服，豈止少年，直頭老少咸宜，舊文新生，妙不可言，樂為之序。

倪匡　2018.10.11　香港

主要登場角色

白素

高彩虹

衛斯理

伊樂

譚中校

麥隆上尉

第一章

快見面的筆友！

　　高彩虹是白素的表妹，她們並沒有真正的血緣關係，只不過親如**姐妹**，習慣以表姐妹相稱。

　　在《迷藏》的故事裏，我已介紹過高彩虹那種任性、貪玩、愛冒險，而且為了愛情可以**不顧一切**的性格。回想起來，這種性格，其實在她青春期的時候已經有迹可尋。

5

她生性很 **活潑** ，一切流行的玩意都去參與，但對不流行的東西更加感到好奇，非要嘗試不可。

記得我結婚那一年，她還是一個跳跳蹦蹦，只喜歡吃雪糕和喝汽水的小女孩。但是幾年一過，當看到她穿起了高跟鞋，眼睛上塗得 **五顏六色** 的時候，我就知道已經不能將她和幾年前那個小女孩聯繫在一起了，她剛好足 **十六歲** 。

我和彩虹見面的機會並不多，但每次見面，她都給我和白素帶來驚奇駭異的消息。而十六歲那年，情竇初開的她，就鬧出了一段非常難忘的 *初* ♥ *戀經歷* 。

那一天，彩虹來到我們家，我正在陽台上喝咖啡，她來到我的面前，叫了我一聲。

我向她笑了笑，「你來了麼？吃了飯再走，和你表姐多玩一會。」

　　往常她一定是高高興興地答應着，轉身走開去；可是今天，她的態度卻有點不尋常。

　　她又叫了我一聲，臉上掛着狡猾的笑容，「有一件事，想和你商量一下。」

　　一聽到這句話，我心裏就生起不祥的預感，幾乎被嘴裏的咖啡嗆到，連忙放下了咖啡杯，戰戰兢兢道：「你說吧。」

她臉上紅了一下，神情十分**靦腆**，「表姐夫，我有一個朋友，明天要來見我。」

她的話，聽來*沒頭沒腦*，她有一個朋友，明天要來見她，那和我有什麼關係？為什麼要找我來商量？但我沒有說什麼，只是微笑着鼓勵她說下去。

彩虹繼續說：「我從來沒有見過他，表姐夫，我們是透過文字交流的。」

「噢，是網友。」我恍然大悟。

「不，不是網友，是**筆友**！」彩虹非常認真地糾正我。

「有什麼分別？不管你們使用通訊軟件，還是以電郵溝通──」說到這裏，我從彩虹的神情知道自己猜錯了，連忙問：「等一等，別告訴我，你們真的是用紙和筆，寫**書信**往來？」

彩虹笑着大力點頭。

「真想不到啊，你們這個**新世代**，還會流行這種玩意？」

「唉，在網絡上認識的網友一大堆，彼此隨時隨地隨便回覆一兩句，都沒有用心思考過，沒意思。」彩虹慨嘆了一聲，接着興奮地説：「交筆友就不一樣，親筆所寫的字，多麼親切，多麼真摯，多麼**浪漫**——」

聽到她説「浪漫」，我心中的不祥之感更強烈，想了一想，**語重心長**地説：「彩虹，不管是網友還是筆友，最好不要見面。」

「為什麼？」

「你們交換過照片沒有？」我問。

「沒有，我們一直只透過文字來溝通，那種感覺真奇妙。」彩虹**一臉陶醉**。

　　「那麼你們就別去打破那種奇妙的感覺，因為事實與想像，往往有很大的一段距離，你們見面之後，心中美好的*幻想*就會破滅。」我極力勸導她。

　　但見彩虹低下頭去，過了半晌，才又嘆了一口氣說：「可是，表姐夫，我卻**非見他**不可。」

　　「為什麼？」我沉聲道。

　　彩虹的臉頰紅了起來。

因為……
我愛他。

我登時目瞪口呆，心裏擔心的事果然應驗了。

這時，白素剛好捧着茶和點心走出陽台來，她一直聽着我和彩虹的對話，只見她**處變不驚**地將茶和點心放在桌上，然後説：「表妹，喝點茶，再慢慢説。」

彩虹呷了一口茶，我望向白素，白素也望向我，從她的**眼神**  我就知道，她把勸導彩虹的責任推給了我，要我繼續和彩虹傾談。

我只好深吸一口氣，對彩虹説：「彩虹，你未曾見過對方，就確定自己愛他了？」

彩虹一聽到我那樣問她，立時睜大了眼，當我是**外星怪人**一般，望定了我；然後，又像是我犯了不可救藥的錯誤一樣，她搖了搖

頭，嘆了一口氣說：「沒想到你年紀不大，思想卻落伍得完全發霉了。」

她忽然那樣批評我，倒使我好氣又好笑，我實在忍不住反諷她：「我發霉了？原來現在用書信來談情才叫新潮。」

她依然用那種眼神望着我，把我當成無可救藥的「發霉人」一樣，說：「表姐夫，你該知道，愛情是心靈的契合，應該觸及靈魂深處，而不是表面。一個人，就算讓我一天看上二十個小時，我所看到的，仍然只是他的表面，卻看不到他的內心，對不對？」

想不到十六歲的彩虹竟如此會說話，我不得不點頭。

彩虹又繼續說：「所以啊，書信來往，反而能觸及彼此的*靈魂*。我從十三歲開始和他成為筆友，這三年的通信使我徹底了解他的為人，了解他的內心，為什麼我不能愛他？」

彩虹的話**振振**有詞，但我不相信，她的筆友如果是一個畸形的怪人，她還會這樣理直氣壯地說出同樣的話，她畢竟只是個十六歲的少女而已。

我**苦笑**道：「事情我都弄明白了：你有一個通信三年的筆友，你已經愛上了他，他自然也很愛你，所以明天要來見你。那麼你直接去見他就好了，我看不出這件事和我有什麼關係，使你要來找我**商量**。」

只見彩虹猶豫着，沒有出聲。還是白素最清楚自己表妹的心事，一語中的：「彩虹要你陪她去**接機**✈！」

第二章

隔着迷霧

「我陪你去接機?」我指住自己的鼻子,聲調提高了不止八度,尖聲問彩虹。

她向我滿臉堆笑,大力點頭。

15

我實在有點**啼笑**皆非，「你和你的愛人見面，跟我有什麼關係？為什麼要我陪你去？」

「因為⋯⋯」彩虹突然顯得有點困惑，「表姐夫你經歷過許多稀奇古怪的事情，所以我想和你商量一下。」

我聽了之後，更是**大惑不解**。

彩虹嘆了一口氣，說：「我先讓你看看最後他給我的那封**信**，你就會明白。」

我開始感覺到事情一定有點不尋常，也不再嘲諷她了，認真道：「好吧，他在信中說了些什麼？」

彩虹取出一封信來，神情十分焦慮，「他寫信給我，一直是很有條理的，但是這封信，不但字迹潦草，而且有點⋯⋯有點**語無倫次**的樣子。」

我伸手將信接了過來，抽出潔白的信紙，那的確是一封極其潦草的信，竟然是用中文寫的：

彩虹：

　　他們一定不讓我來見你，但是我卻非來見你不可。我一定要來見你，你是我心愛的人，我怎能不見見我的愛人？如果他們的阻攔不成功，那麼，我在十二日早上八時就能到達你的城市，我希望你到機場來，這樣我們就可以第一時間見面。當然，或者我不能來，我實在無法保證，他們一直在阻攔我，但是我會想辦法到來，他們的阻攔一定不會成功，但願他們不成功，願所有的一切都保佑我能見你。

　　　　　　　　　　　　　　　　你的伊樂

　　我迅速地看完了整封信，然後抬起頭來，好奇地問：「他會寫中文？他是什麼人？」

　　彩虹頓足，氣急道：「這個不是 **重點**！」

我知道她關心的是什麼，便說：「彷彿有些人不讓他來見你。」

彩虹點着頭，「看來是那樣，但這三年來，伊樂從未向我提及過有人可以**阻止**他行動。」

我有點不明白，便問：「他自己一個人生活嗎？譬如說，會不會他的父母，或者他的監護人，和我一樣有着發了霉的思想，不贊成他*千里迢迢*去見一個素未謀面的少女，擔心他被愛情迷惑？」

「不，不。」彩虹堅定地說：「伊樂沒有父母，他說他根本不知道自己的父母是誰，他也沒有監護人，他說有**六個人**照料他。」

我更感意外，「他是一個富家子？」

「有可能，不然怎麼會有六個人照料他？」

我略想了一想，*推測*道：「那麼，伊樂在最後一封

信中所講，那些想阻止他來見你的人，可能就是照料他的那六個人。」

彩虹搖着頭，「我不知道，我從未想過他的行動會受人阻攔，更不相信他會是個沒有**勇氣**的人，會因為別人的阻攔，而改變他要做的事，所以我相信他一定會來的！」

我看出彩虹在講那句話的時候，態度和神情都很認真。我接着又問：「那麼，在你的**想像**之中，他是一個怎樣的人？」

一問到她喜歡的人，彩虹臉上焦慮的神情立時消退了不少，還現出一種**異樣的光采**來。

她帶點自豪地說：「伊樂幾乎是一個完人，他什麼都懂，學識之豐富，決不是我所能形容的；他才華洋溢，而又**不卑不亢**，讓人如沐春風……我想你見了他，

一定也會**喜**歡他的。」

我不禁笑了起來，「你把他形容得那麼好，我一定要見一見他。好的，明天一早，你先到我這裏來，然後我們一起到機場去。如果發現伊樂被六個人脅持住，表姐夫就算**粉身碎骨**也幫你把他拯救出來，讓你們從此以

後過着幸福快樂的生活。」

彩虹毫不欣賞我的 **幽默感**，一臉憂慮，「表姐夫，你説他……會不會最終不能成行呢？」

我聳聳肩，「我又不是預言家，他會不會來，你應該比我清楚，因為你説你很了解他。對了，你真是連他的 **照片** 也沒有？」

彩虹搖着頭，「沒有，我們一直沒有交換過照片，因為我們想保持那種純心靈的契合。」

我卻非常實際地問：「那麼，你憑什麼認出他來？」

彩虹想也不想，一副 **心誠則靈** 的態度説：「我想我一看到他，就可以認出他，不知道為什麼，我有這個 **感覺**：即使他夾雜在一萬人中間，我也可以認出他。」

我沒有再説什麼，因為我明白彩虹為什麼會有那樣的感覺。她長期以來與伊樂通信，久而久之，憑藉着她自己

的想像，在腦海中已經塑造了伊樂的形象。

而古往今來，筆友見面每每造成**悲劇**，正是出於這一點——想像和事實之間的距離，往往大得令人難以估計和接受。

然而，此刻我說什麼都沒有用，即使告訴彩虹前面是一堵牆，她也要**義無反顧**地親身撞一下才會心息的。所以，我陪她去，也是一件好事，可以及時為她「**急救✚**」。

我提醒她：「你記得明天一早來。」

彩虹的神情既高興又擔憂，答應了一聲，便回家去。

我繼續喝我的咖啡，向遠處望去。

遠處的山，被**濃霧**阻隔，形成一層層朦朦朧朧的山影，看來十分美麗，但是山上的建築物卻完全隱沒不見。我忽然感到，彩虹此刻的心情，一定和我現在所看到

的景象相似。她有一個朋友叫伊樂，她甚至已深深愛上了對方，因為遠觀實在是✦完美✦之極；然而，伊樂真實的樣子是怎麼樣的，她卻未曾見過——伊樂躲在濃霧之中！

我伸了一個懶腰，希望明早八時，飛機到達之後，濃霧便會消散，我們都可以見到伊樂的**真身**。

第三章

兩傻接機

第二天，早上六時半，天剛亮，彩虹已經來了。

幸而白素有事要辦，早已起牀，她連忙將我從牀上拉了起來，等我見到彩虹的時候，是六時四十五分。

彩虹經過**悉心打扮**，選擇了一套十分優雅的服裝，令她顯得高貴、大方和成熟。我一看到她，便點頭稱讚：「你選了一件**好衣服**。」

「那是伊樂設計的。」彩虹高興地回答：「他在三個月前，將圖樣和色布一起寄來，他還說，經過了三年的通信，他深深地相信這件他設計的衣服，一定非常**適合**我。」

她的回答使我大吃一驚，我不得不承認伊樂那句話，佩服道：「很不錯，你的那位筆友，可以成為一流的**服裝設計師**！」

彩虹更高興了，但不論她如何高興，總難以掩飾她昨天晚上一夜未睡的**疲倦**神態。

我心中已感覺到，如果那位伊樂先生不能依時到來的話，那麼對彩虹而言，一定是一個沉重的**打擊**。

白素也在擔心這一點，她偷偷地問我：「你看表妹能見到她的**筆友**麼？」

我笑着回答：「不必緊張，就算她的筆友因故未能到來，難道她就不能去見人家麼？」

白素笑了起來，「也是你陪她去？」

「這是你的表妹。」我裝出**埋怨**的神情。

「你知道我有事在忙，表妹就交給你了。」白素笑着轉身走開。

七時十分，我開車載彩虹到機場去。一路上，她不斷埋怨我將車子開得太慢，又在每一個紅燈之前頓足表示

不耐煩，批評城市交通管理不善。

但事實上，當我們到達機場的時候，只不過七時四十分。彩虹急急地查看**航班**的最新情況，那班機將會在八時正抵達，於是她又開始抱怨時鐘轉得太慢。好不容易等到飛機降落了，她又急不及待地奔向閘口。

在閘口又等了二十分鐘，在那二十分鐘內，彩虹不住

地**抨擊**入境程序和行李提取速度等等，使我不得不勸

她：「你認為伊樂會喜歡見到一個不斷埋怨這、埋怨那的女

孩子麼？」

彩虹嘆了一聲，「我多麼心急想見他！」

我當然明白她的心情，這是她的初戀，她不知為自己

的初戀對象作出了多少幻想，如今，她的*幻想*即將變

成事實，叫她不心急也難。

又等了一會，第一個**旅客**終於從閘口走出來，那

是一個三十歲左右的生意人，接着是一對新婚夫婦般的青

年男女，然後是兩個老婦人，再接着，是一隊穿着奇形怪

狀服裝的樂隊。

跟在那樂隊之後的，是一個身形高大，膚色黝黑，像

是**運動員**一樣的年輕人。

那年輕人走出閘口的時候，不斷東張西望，彩虹的臉

突然**紅了起來**，她推着我，「你過去問問他，他可能就是伊樂！」

「為什麼你不去問？這個時候又忽然假裝**矜持**起來？」

「我特意看了一些書，書裏面都是這麼教的，你快去吧。」她極力推着我。

「多看點有益的書吧。」我拋下了這句話，然後無可奈何地走上前去，向那個年輕人點了點頭，問：「閣下是**伊樂先生**？」

那年輕人奇怪地望着我，「不是，我叫班尼。」

我連忙向他道歉，後退了一步，回頭向彩虹望了一眼，攤了攤手，搖了搖頭，彩虹流露出十分**失望**的神色。

這時，那個叫班尼的年輕人，已和一個穿着軟皮長靴

和短裙的少女，手拉着手走開去了。彩虹看着更感羨慕。

　　一轉眼，彩虹又伸手指向閘口，我回過頭去，看到在幾個絕不可能是伊樂的人後面，有一個神情很 **害羞** 的年輕人，提着一個大行李箱，走出了閘口。

　　我明白彩虹的意思，她又叫我去問那 年輕人 是不是伊樂。

那實在是一件十分 **尷尬** 的差事，但我既然陪她來了，也不能不幫她，於是我又走了上去，微笑着問：「是伊樂先生？」

那年輕人的神情有點吃驚，連忙説：「不，不，你認錯人了。」

我不得不再度退了下來，向彩虹埋怨道：「我們為什麼不寫一張 **接機牌** 呢？」

「你不覺得舉着接機牌的動作有點傻，不好看嗎？」

我立即反問：「難道逐個年輕人問對方是不是伊樂，這樣的行為就不傻？」

她居然點頭道：「*傻啊*，所以我讓你去問。而且，我想看看自己能不能猜出誰是伊樂。」

我不禁心中有氣，連忙抓住她的話柄：「對啊，你不是説，就算伊樂夾雜在一萬人中間，也可以**認出他**的嗎？」

但見彩虹面上*失望*的神色又增加了不少，一副楚楚可憐的模樣，我也只好收起怒氣，慨嘆道：「好了好了，我幫你去問。」

我們繼續等着，陸續又有三幾個年輕人走出來，每次我總上前問對方是不是**伊樂**，但他們的回答都是否定的。

半小時之後，看來那一班機的**旅客**🧳已經全走出閘口了。彩虹咬着下唇，過了好一會，才說：「他……沒有來。」

我**安慰**着她：「或許我們錯過了他，我去問問職員。」

我向閘口走去，對一位站在閘口的地勤小姐，提出了我的請求，我向彩虹指了一指說：「她在等一個未曾見過面的筆友，不知是不是我們錯過了，還是對方根本沒有來，所以希望能查看一下旅客名單。」

「他的筆友叫什麼**名字**？」地勤小姐問。

「伊樂。」我回答。

地勤小姐於是幫我查看旅客名單，她查閱得十分小心，但結果還是搖了搖頭，「*沒有*，這班客機上沒有這位先生。」

　　我向她道了謝，那位地勤小姐十分好心，她又告訴我，一小時後還有一班客機，也是從那個城市飛來的，或許我們等的人在那班客機✈️上。

　　我再次向她道謝，然後回到了彩虹的身邊，轉達了那位地勤小姐的話。

　　彩虹嘆了一聲，「難道他信中所說的那些人，真的不

讓他來？可是，**他 為什麼 會被人 阻攔** 呢？」

　　我不忍看到彩虹那種沮喪的神情，便提出了那個後備方案：「你可以直接去找他。」

第四章

不尋常的回信

萬萬沒想到，彩虹那麼渴望見伊樂，卻**拒絕**了我的提議：「不！我不能去！」

「為什麼？」我很愕然。

她說：「萬一我去了，他又剛好坐飛機過來，我們豈不是互相*撲了個空*？不行！我要寫一封信給他！」

「你真的沒有他的電話號碼？」我問。

彩虹搖搖頭。

我不想刺激她，只好大說好話：「真難得，非常浪漫。」

她馬上在機場借了 **信紙**，一邊寫信，一邊等待着一小時後的那班機。

她非常認真地寫那封信，我沒有去看她信中的內容，只留意到她用英文寫信。她說她平時會用 **中文** 寫信給伊樂，順便幫伊樂學習中文，但這封信太重要了，為免伊樂 **理解** **錯誤**，所以她這次決定寫英文信。她寫好了之後，我便陪她到機場郵政局，把信寄出去。

沒多久，下一班來自相同地方的客機也抵達了，我繼續擔當「**接機先鋒**」，每當看到有可能是伊樂的年輕人，我就上前問對方是不是伊樂。我持續的行為引起了注目，不少旅客感到滋擾，保安人員甚至將我帶走問話。

擾攘了大半天，來自那個地方的班機已經全部抵達了，我和彩虹依然沒等到伊樂的蹤影。

我們一起離開機場，彩虹*滿懷希望*而來，卻帶着極度失望回去，一路上，她幾乎一句話也沒有講，我也不敢隨便開口。

到了家門口，白素迎了出來。我早已打過電話，將情況告訴了她，雖然白素已有心理準備，但親眼看到彩虹的神情時，才知道表妹所受的**打擊**是如此巨大。

彩虹一見到她，就立即向她奔了過去，大哭起來。

白素忙着用各種各樣的話**安慰**彩虹，我自顧自走了開去。少女心事，還是讓曾經也做過少女的白素去開解好了。

彩虹足足哭了一小時有餘，然後，她紅着**哭腫**了的雙眼，忽然走到門口，打開了門，坐在玄關的階級上，一直 **呆呆地** 望着門外。

我擔心她精神出了問題，連忙問：「彩虹……你……在幹什麼？」

「我在等**回信**。」彩虹的聲音仍帶着哭腔。

「伊樂的回信？」我有點詫異。

「是的。剛才我在信中，留下了你們這裏的地址，叫伊樂回信寄到這個地址來。因為我**不想回家**，爸媽看到我這個模樣……一定知道發生了什麼事……他們會對我**問長問短**……」彩虹抹着淚，對白素說：「表姐，你幫我告訴爸媽，我在你家裏玩幾天才回去。」

「好吧。」白素只好答應。

我也不敢有**異議**，只是勸彩虹：「就算等回信，也不可能今天馬上收到，要等伊樂收到了你的信，再寫信寄回來，最快也得四五天。你先吃點東西，休息一下吧。」

我勸了一次、兩次、三次，再加上白素也費了不少唇舌，才成功**勸服**彩虹，回到飯廳吃點東西，然後到客房休息。

接下來的幾天，我每個早上天還未亮的時候，就被彩

虹硬拉起姝，開車送她去**機場**，陪她一起迎接每一班來自伊樂所在城市的班機，期望伊樂會乘坐其中一班機來見她。

　　而白素和管家老蔡則在家裏緊盯住**信箱**，一收到伊樂的回信就要馬上通知彩虹。

我和彩虹天天  早出 晚歸 ，一連幾天，

也沒接到伊樂。

我心中正暗忖着這種日子何時能結束之際，伊樂的

回信 終於寄到我家來了！

我連忙開車載彩虹回來讀信。白素把信原封不動交

到彩虹手上，彩虹拿着那封信，卻一動不動地呆站了許

久。

白素感到奇怪，「怎麼樣？你**朝朝**暮暮、心心念念的回信終於收到了，還不趕快看？」

但彩虹望着信封，皺眉說：「我覺得這封信有點古怪。」

這時我也忍不住催促道：「能有**什麼古怪**？你根本還未拆開來看！」

彩虹深深地吸了一口氣，終於拆開了信封，把信紙抽出來，攤開細讀，只見她的身子像是**雷殛**一樣震動了一下，然後又繼續呆站着。

我和白素好奇地靠近去，見她沒有阻止我們看信的內容，我們便光明正大地探頭細看。

信中的字體是用 **電腦打印**出來的英文，內容是：「彩虹，對不起，我一時衝動嚷着要來見你，差點破壞了我們之間美妙的關係。為了保持純粹的心靈契合，

我們應該繼續以筆友的方式溝通，不要見面。請原諒我的魯莽。你的伊樂。」

我和白素看了信的內容，心中已知道不妙，正想安慰彩虹之際，卻見彩虹在 **喃喃自語**：「假的，這封信有問題，不是伊樂寫的⋯⋯」

我們能理解彩虹不想接受現實，但事實已擺在眼前：**伊樂改變了主意**，不來見她。

「彩虹，和他保持筆友關係，未嘗不是一件好事。」

「對啊，等你們的感情培養得再深厚些，心靈契合得**密不可分**時再見面也不遲。」

我和白素一唱一和地安慰着她。

但彩虹依然搖着頭，不住說：「這封信有問題，很**有問題**⋯⋯」

「能有什麼問題？」我問。

　　她指着信中的 字體 說：「你們看，這封信是打印
出來的，但我和伊樂書信來往這三年來，每一封信都是
手寫，從來沒有一封是打印的！」

　　她這麼一說，我也記起來了，她曾給我看過伊樂上一
次寄來的信，信中的字體相當潦草，確實是手寫的，而且
是中文。

「他用 **英文** 回信，我可以理解，因為這次我也是用英文寫信給他的。但是，他為什麼不用手寫，而要打印？」彩虹提出了疑問。

「可能……這次他希望字體工整一點，免得你看錯。正如你這次特意用英文寫信一樣，是同一個道理。」我嘗試找出 **合理的解釋** 。

「我們書信來往三年了，已經完全熟悉對方的字迹。」彩虹說。

而白素也覺得**可疑**，「確實有點不合理，既然他那麼着重心靈的溝通，就絕不會用機器來打印信的內容，因為親筆的字迹才有溫度，才有感受。」

彩虹突然**斬釘截鐵**下了結論——

信不是
他寫的！

我明白她的想法，「你的意思是，那些阻攔伊樂來見你的人，冒充他寫了這封信？」

「一定是！」彩虹大力點了一下頭，「他們可能強迫過伊樂，要他按照他們的意思寫回信，但伊樂不肯。而他們知道我一定能分辨出伊樂的筆迹，所以只好利用打印機，連信封上的地址也是打印出來的！」

雖然我也覺得她的分析很合理，但也難保這確實是伊樂寫的回信。我婉轉地問：「彩虹，你對他有多大的信心？你確定信中的內容，不是他自己的意思？」

「絕對不會！」彩虹堅定道：「他為人果斷，言出必行，不是那種反反覆覆、臨陣變卦的人。」

我深吸一口氣，然後又問：「彩虹，三年來，他的來信，你都留着？」

「當然了。」彩虹明白我的意思，主動說：「我不介

意全給你們看看，看完你們就會明白，我為什麼對他這樣有**信心**！」

「好，請把信拿來給我看。」我說。

彩虹看了一下時鐘，着急道：「趁這個時間回去吧，爸媽剛好不在家。表姐夫，你開車能不能再快一點？當我的**司機**！」

她的口吻好像要去搶劫珠寶店一樣，我苦笑道：「去你家的話，來回二十五分鐘左右，足夠快嗎？」

彩虹想了想，點點頭，「應該可以，立即**出發**吧！」

第五章

才華盡顯的信件

　　我開車送彩虹回家，她只花了不到五分鐘的時間，就匆匆把家裏一大盒的**信件**捧了出來。而車子再回到我的家，前後還不過半小時。

　　彩虹揭開盒子的盒蓋，只見內裏滿滿一盒全是信，至少有**一百多封**。

　　幸好每一封信她都細心地註明了收到的日期，還編了

號碼，使我可以順着次序去讀，省卻不少工夫。

　　不過，要看完所有的信，還得花不少時間。我把盒子接過來說：「我要認真好好**研究**這些信件。有什麼事就找你表姐，或者老蔡吧。」

　　彩虹點頭答應了一聲，然後我就走進書房，關好了門，開始根據彩虹的**編號**，看起伊樂的信來。

　　伊樂的信，在開始的二三十封，並沒有什麼特別之

處，都是用英文寫的。但是到了編號「三十」之後的那些

信，每封都是一篇**辭情並茂**的散文，而且他改用了

中文寫信，還叫彩虹也用中文寫信給他，好讓他能練習中

文！

剛開始寫中文時，他的**文筆**和字體雖然顯得有點生硬，但對初學者來説，已經寫得異常好。而令我驚訝的是，接下來的信，他的中文**進步神速**，一封比一封好，後來簡直比不少母語為中文的作家寫得還要好！

真使人難以相信，一個二十歲的年輕人（那是伊樂在信中説的），學習另一種語文的速度竟會如此快，能寫出那樣**美妙的**文章。

而且愈看下去，愈令我感到驚異，因為伊樂不但文筆已經好到極點，知識的淵博更使我**歎為觀**止。

他幾乎什麼都懂，有一封極長的信，是和彩虹討論第二次世界大戰後期的太平洋逐島戰。我不認為像彩虹那樣的女孩子，會對這個話題感興趣。但是，任何女孩子面對着那樣知識深厚、**才華洋溢**的才子，都會心儀傾慕。

伊樂這個人真的幾乎什麼都懂，大概彩虹曾寫信給他，訴說過自己身體有點不舒服的事，所以有一封信，他給彩虹開列了一張中藥方。

而在那中藥方下面，彩虹寫着一行字：只喝一次，身體就好了，不過，藥真苦！

二十歲的年輕人，學會中文之後，還會開中藥方，而且藥到病除，真是難以想像。

他還會討論文學、藝術、軍事、政治、考古、歷史、地理等種種問題，**樣樣精通**。

而最得女孩子歡心的，是他還會設計時裝，懂得把每個女孩子最美麗的特質展露出來。

老實説，我再也不**奇怪**彩虹為什麼雖然未曾見過他，卻會如此深深愛上了對方。

不過，關於家中的事，伊樂卻説得非常少。

他看來沒有兄弟姊妹，也沒有父母。的確，他曾提到有六個人在**侍候**他。

我一封又一封信看着，一直看到幾乎天亮，我才發現了一個很奇怪的地方：所有的信中，竟然沒有一封談論到運動！

彩虹是一個十分 **好動** 的少女，幾乎每一種運動她都喜歡，但是伊樂在這方面顯然和她不合。雖然伊樂對於奧運會的歷史，或各項運動的發展歷程，都知道得十分 **詳細**；然而，他的信中卻從未提及過自己曾參與任何運動！

當我發現了這個奇怪之處後，我對整件事突然有了一個 **新** 的 **猜想**！

我閉上了眼睛，幻想着伊樂這個人：他有一副知識淵博、聰明絕頂的頭腦；他有美術的觸覺，應該懂得打扮，相貌堂堂；他的一雙眼睛，泛出智慧的光芒；可是，他的面色異常蒼白，我似乎還看到他坐在 **輪椅** 上，他身體有缺陷，有殘疾，這就是他最後不敢來見彩虹的原因。

想到這裏，我的精神已經**疲憊不堪**，躺在書房的安樂椅上，睡了兩個多小時，然後才醒過來，打開了書房門。

我一打開書房門，就嚇了一跳，因為彩虹竟然挨在門框上睡着了。

我的開門聲**驚醒**了她，她睜開眼睛，立時跳了起來：「表姐夫，怎麼樣？你看完那些信了嗎？」

「嗯。」我點了點頭，「的確，他的所有信，都是手寫的筆迹。」

「對吧？所以這次的回信，十分**可疑**。」彩虹着急道：「你還看出了其他什麼來？」

我想了一想，用十分輕描淡寫的口氣問：「彩虹，伊樂好像不大喜歡**運動**，對不？」

彩虹點頭道：「是的，他從來沒提起過自己參加任何

運動。」

我慢慢向前走着，彩虹跟在我的後面。我又說：「他的信中，好像也沒提及過他曾到什麼地方去玩或是去**遊歷**，對不對？」

彩虹又點了點頭。

我站定了身子，這時白素也從房間中走了出來。

我說：「伊樂給你的所有信，都只談到**靜態**的一面，全是他所知的一切，極其豐富的知識。但他從來沒談及自己 **動態** 的一面，例如他今天做了什麼，昨天做了什麼，難道你的信也沒有提及？」

彩虹呆了半晌，說：「當然不是，我常常告訴他我做了些什麼，我曾告訴他我打贏了全校的 **選手**，奪得乒乓球賽冠軍，我告訴他很多事的。」

我的聲音變得低沉了些，「彩虹，那你可曾想到……

他為什麼從來不向你提及他的活動？」

彩虹怔怔地望了我半晌，「表姐夫，你的意思是……他……」

彩虹似乎快猜到我的意思了，我給她更多的暗示：「他一定有異於常人的地方，你明白了麼？」

彩虹長長地吸了一口氣，「我明白了，表姐夫，你是

说，伊樂身體有**殘疾**，所以行動不便？」

　　為怕彩虹受的打擊太大，我連忙解釋着：「那只是我的猜想，彩虹，他有可能因為這個原因，所以到最後一刻還是不敢來見你。」

　　彩虹卻堅定地説：「**不可能！**」

　　「彩虹，人無完人，你總得有點心理準備。」

　　「你錯了，我不是説伊樂不可能有殘疾。我是説，他即使有殘疾，也不會為此**自卑**而不敢來見我，他是一個很有自信的人。而且，他應該知道，我不會因為他有殘疾而**嫌棄**他。我愛上的，是他的心靈，不是他的皮囊。」

　　我只好微微點着頭，「所以你始終認為，他是被人阻攔住而來不了？」

　　彩虹也點着頭，「而且那些人還**冒充**伊樂寫信給

我，講明伊樂永遠**不會**與我*相見*。」

這時白素有不祥的預感，擔心道：「彩虹，那麼你打算怎樣做？」

彩虹意志堅決地說：「表姐夫的 **後備方案**，現在可以實行了。既然伊樂來不了見我，那就我去見他！」

第六章

聽到彩虹說要去見伊樂，白素不禁**擔心**起來，連忙道：「表妹，你別聽你表姐夫亂說，這不是一個好辦法，你父母一定不會答應，學校也不會讓你請假的！」

然而彩虹卻**固執**地說：「我不管！我什麼都不管，我一定要去見他，我已不小了，我可以去見他。表姐夫，謝謝你這幾天以來對我的幫助！」

她向我們揮了揮手，跳下了樓梯走了。

白素隨即嘆了一聲：「都怪你。你看着好了，不用一小時，我們這裏，一定會 **熱鬧** 起來。」

我明白她那樣説是什麼意思，只好尷尬地苦笑了一下。而白素的估計相當準確，果然不到一小時，彩虹又回來了，她鼓着腮，一副 **鬧彆扭** 的神色。

和她一同來的，還有她的父母，父親滿面怒容，母親鼻紅眼腫，正在抹着眼淚。

凡是女兒有了外向之心，父母的反應幾乎千篇一律，父親 **發怒**，母親哭。做父母的為什麼總不肯想一想，女兒也是人，也有她自己獨立的意見？

高父在年輕的時候，是三十六幫之中 **赫赫有名** 的人物，這時雖然已屆中年，而且經商已久，但是發起怒來，還是威武逼人。

我和白素連忙招呼他們坐下來，高母哭得更大聲了，拉着白素的手，「你看，你叫我*怎麼辦*？她書也不要讀了，要到那麼遠的地方去，去見一個叫伊樂的人，誰知道那個伊樂是什麼樣的人！」

高父則大聲吼叫着：「讓她去！她要去就讓她去，去了就別再回來，我當沒有養過這個女兒！」

高母聽到高父那樣說，哭得更厲害了。而彩虹呢，只是抿着嘴不出聲，一副**倔強**非常的神態。

白素悄悄地拉着我的衣袖，「你怎麼不出聲？」

「她是你的表妹。」我低聲道。

「但去見伊樂是你出的**餿主意**，要是讓她父親知道了，你就死定！」

本來，我不想將這件事攬上身來，但給白素這樣嚇了一嚇，我也不敢**怠慢**，必須盡快擺平這件事。

　　我想了一想，深吸一口氣說：「不知道兩位肯不肯聽聽我的**解決辦**法？」

　　高母漸漸停止了哭聲，高父的怒容亦稍斂，他們一同向我望來，我說：「看彩虹的情形，如果不讓她去，她絕不罷休；但是讓她去的話，她在那邊人生路不熟，你們也絕不放心。所以，唯一的辦法，就是找人陪她去。」

我的話才一出口，高母已頻頻點頭，高父亦**當機立斷**，對女兒說：「好，我和你去！」

一聽到父親要陪自己去見伊樂，彩虹的神情比判她下地獄還要痛苦一百倍，五官扭曲着說：「我不要！」

白素暗中伸手捏我的手臂，
低聲埋怨：「你到底懂不懂少女
心事，居然叫她父母陪同去見
初❤戀情人！」

「咳咳……」我連忙清了一下喉嚨，説：「對於兒女私情，父母和女兒的看法難免相左，還是讓**同輩**陪同，比較合適。」

我説完這句話，故意把目光投向白素，而事實上，她身為彩虹名義上的**表姐**，份屬同輩，卻又年長一些，經歷豐富，身手才智兼備，確實是陪彩虹同行的不二之選。

但高父大力**搖着手**，「不行不行！雖然素兒是女中豪傑，但畢竟也是女生，誰知道那個伊樂是什麼人，萬一出了什麼事，我怎麼向白老大交代？況且，你最近不是在忙嗎？」

「是的。」白素回答高父，然後雙手搭在彩虹的肩上，説：「彩虹，表姐若非有事務在身，一定會陪你去見伊樂。如今，只好讓**表姐夫**陪你去，給你一切照顧和保

護，你覺得如何？」

「好！」彩虹大力點着頭。

我當場呆若木雞。

只見高父面上已沒有什麼怒容，嘆了一聲，拍拍我的肩膀，「那麻煩你了，真不好意思。」

高母亦熱淚盈眶，以感激的神情望着我。

我勉強擠出了笑容，得體地說：「千萬別那麼說，我

們是自己人，而且那城市是一個十分好玩的地方，我還未曾去過，正好趁這機會去玩一玩。」

高父點了點頭，已經**同意**彩虹去見伊樂了，可是當他望向彩虹時，還是沉着臉「哼」了一聲。

而我也望向白素，用眼神向她「哼」了一聲，她卻肆意地展露着**笑容**，向我傳達「活該」這個潛台詞。

我們留高家三口吃過晚飯，第二天，彩虹就開始為出遠門作準備。五日後，一切手續都辦好了，下午十二時，我和彩虹一起上了飛機，向**目的地**⊕飛去。

在飛機上，我對彩虹説：「到了之後，先在酒店安頓下來，然後我一個人根據地址去看看情形，你在酒店等我。」

彩虹立即**反對**，「不，我和你一起去。」

我嘆了一口氣，「那也好，但是你必須作好心理準

備，我們就算依址造訪，也不一定見得到伊樂，這其中可能還有一些不能預測的**曲折**。」

「會有什麼曲折？」

我考慮了一下，坦誠地問：「你一定上網查過伊樂的**地址**，對不對？」

彩虹不禁臉色一沉，「對。」

「你查到了什麼？」

「什麼都查不到，完全沒有這個地址的資料，地圖上也**無法顯示**出來。」

我點了點頭，「我也查過了，和你的結果一樣，所以我說，就算依着地址去找，也不一定能找到他。」

但彩虹樂觀地說：「既然三年以來我**寫信**到這個地址去，他都能收到並回信，這次我親身前往，一定能見到他！」

「但願如此。」

「一定可以。」彩虹懷着堅定的**信念**説，然後閉上了眼睛。

飛機在雲層上飛着，十分穩定，彩虹大概是連日來太**疲倦**了，不一會就睡着。我也閉上眼睛，在設想着我們可能會遇到的事。

飛機降落的時候，天色漸黑，那城市的機場不算落後，可是辦事人員的效率卻低到了可怕的程度，足足耽擱了一小時，我們才算是通過了檢查，走出了機場，那時已經是**萬家燈火**了。

我們坐車來到早已訂好的酒店，一放下行李，彩虹便嚷着要馬上去找伊樂。

我一則扭不過彩虹，二則自己也十分**心急**，想早一點看到伊樂是怎樣的人，於是通知酒店職員幫我們找一

輛出租車。等到職員通知我們，車子已在門口等候，我們便下樓去。

　　不知道是巧合，還是職員那麼細心，見我們是中國人，職員特意為我們找來由中國人駕駛的 出租車。那司機看來頗老實，我將伊樂的地址讀給他聽，他聽了之後，卻揚起了雙眉，現出**奇怪的神色**來。

第七章

出乎意料的地點

那個司機好像聽不懂我所講的地址，反覆問了我們幾遍，我和彩虹重複讀了三四次，他才恍然大悟道：「喔！我知道了！」

我不禁好奇地問：「我們讀錯了什麼嗎？」

「沒有。」那司機解釋道：「那不是一個正式的地址，而是只有本地人才懂得的**別名**，我並非正宗本地人，

所以剛才一時間反應不過來。」

「原來如此。」我恍然大悟，也終於明白為什麼我和彩虹在**地圖**上找不到這個地址。

我又對司機說：「我們到了之後，你在外面等我們，我會照時間付酬勞給你，你可願意？」

「願意，當然願意。」司機回答着，卻忽然問：「先生，**你是軍官？**」

我呆了一呆，實在弄不明白他這樣問是什麼意思，於是回答道：「不是，你為什麼那樣問？」

「沒有什麼。」司機打開了車門，「請上車。」

我和彩虹上了車，車子向前駛去，城市的**夜景**十分美麗，雖然有一些小街巷十分骯髒簡陋，但是在夜晚，它們都被夜色**隱藏**起來。我們可以看到的，全是燈光璀璨的繁華大街。

漸漸地，車子駛離了市區，到了十分黑暗的公路上，我不免起了**戒**心，立即問司機：「你記得那地址麼？」

「記得的，先生。」他回答得非常肯定。

「是在**郊區**？」我又問。

「是的，離市區很遠，要經過一個小鎮之後，才能到達你要去的地方。」

「哦。」我心中十分疑惑，那到底是什麼地方呢？

但我沒有再問，因為那司機看來並不像**騙人**，我便由得他繼續向前駛去，再觀察一會。

車子以每小時八十公里的速度，足足駛了四十分鐘，才穿過了一個小鎮。

但那絕不是普通的**小鎮**，鎮上的房屋全都十分整齊和乾淨，而且房屋的式樣都是劃一的。當車子經過一座**教堂**時，我更加感到驚疑！

　　如果在鎮上看到一座佛寺，那我一定不覺得奇怪，因為這裏的佛寺**世界知名**；但是，我卻看到了一座教堂，使我忍不住問：「這是什麼鎮？」

　　司機説：「這鎮上住的，全是基地中的人員。」

　　「**基地**？」我感到更奇怪了，「你説的是什麼基地？」

司機突然將車子停下來，轉過頭，扭亮了車中的小燈，用十分**奇怪**的**眼光**看着我，將我剛才告訴他的地址複述了一遍，「先生，你不是要到那地方去麼？」

「是啊，那是——」

「那就是基地，是市郊最大的**軍事基地**。」

我和彩虹都呆住了，那實在是我們從沒想到過的事情，難怪那司機剛才問我是不是軍官，原來我們要去的地方，竟然是一個龐大的軍事基地！

難道伊樂是軍事基地中的一員？那麼他是**軍人**，還是其他工作人員？他到底有沒有殘疾？這其中究竟有什麼**曲折**？

本來，我已有充足的心理準備，包括見到他，見不到他，他是什麼**身分**，各種情況我都設想了一大堆，可是做夢也想不到，伊樂的地址會是一個軍事基地！

我連忙向彩虹望去，彩虹也明白我的意思，她急忙道：「地址 🏠 沒錯，三年來，我一直寫的都是那個地址，而他也一直可以收到我的信！」

我知道這當中一定大有文章，而我們也不能空手而回，必須為彩虹清清楚楚地解開這個**困惑**，所以我對司機說：「繼續去吧。」

但司機**遲疑**道:「先生,你連那地址是軍事基地也不知道,我看你很難進去。」

我吸了一口氣,「你只管去,到了不能再前進的時候,由我來**應付**,絕對不會使你為難的,你放心。」

我雖然對司機那樣說,但心中其實一點辦法也未想好。

車子又向前駛了一公里，一股 **強烈的光芒** 照在一塊十分大的路牌上，上面用兩種文字寫着「停止」，還有一行較小的字是「等候檢查」。

同時，我們可以看到在路牌後面，是十分高的有刺鐵絲網和兩條石柱，石柱旁邊各有一個崗亭，在兩個崗亭之間是一扇 **大鐵門**。

大鐵門緊閉着，再向前看去，可以看到零零落落的燈光，那是從遠處房屋中照射出來的。在 **基地** 之中，好像還有一個相當具規模的機場，但因為天色很黑，看得不十分清楚。

司機停車後，兩個頭戴鋼盔、手持衝鋒槍的 **衛兵** 迅速走了過來，一邊一個，站在車旁。

彩虹嚇得緊握住我的手，那兩個衛兵中的一個，伸出手說：「 ☑ 許可證。」

我感到喉頭有些發乾，但還是保持淡定地說：「我沒有，我們剛從另一個城市飛來，要找一個人，我們希望見他。」

那兩個衛兵俯下身，向車中望過來。

他們的眼光先停留在我的身上，然後又停在彩虹的身上，**打量** 👁 了我們一分鐘之久，其中一個才說：「你們不能進去，基地絕不准沒有許可證的人出入，你們應該明白這一點。」

「那麼——」我忙道：「是不是可以**通知**我們要見的人，請他出來見我們？」

衛兵略想了一想，**不置可**否，只問：「他叫什麼名字？」

「叫伊樂。」彩虹搶着説。

「軍銜是什麼？」衛兵問。

彩虹苦笑着説：「我不知道他有軍銜，我——甚至不

知道他是軍人。」

衛兵皺了皺眉道：「那麼，他在哪一個部門工作，

你也不知道？」

　　彩虹**尷尬**地搖着頭：「不知道，但是，我一直與他書信來往，寫的都是這個地址，他每次都能收到。」彩虹又將那地址念了一遍。

　　衛兵説：「地址是這裏沒錯，但那是整個**基地的總稱**，看來很難替你找到這個人了，小姐。」

　　我忙問：「那麼，他是如何收到來信的呢？」

　　衛兵講解：「通常，沒有寫明是什麼部門的信，會放在食堂的信插中，按**字母**的編號排列，等候收信人自己去取。」

　　我立時**靈機一動**説：「那就行了，這位伊樂先生曾收到過這位小姐的信，三年來一直如此，也有回信，可見他是這基地中的人員，你們能不能替我查一查？」

　　那衛兵顯得十分為難，「這不是我們的責任範圍，但

如果你們明天來，和聯絡官見面，他或者可以幫忙，現在只好請你們回去。」

我也知道，不能再 **苛求** 那兩名衛兵，於是拍着彩虹的手臂說：「看來我們只好明天再來一次了。」

彩虹無可奈何地點着頭。

那司機顯然也不願在此久留，一聽到要回去，簡直 **求之不得**，急不及待開車掉頭，駛離基地大門，按原路折返。不一會，車子又經過那小鎮，再駛四十分鐘，就回到了市區。

第八章

令人**意外**的結果

我和彩虹回到酒店，她**有氣無力**地進了自己的房間，説：「表姐夫，我想睡了。」

我安慰着她：「明天一定可以找到伊樂的，你不必着急，我們明天一早出發。」

彩虹**苦笑**着，點了一下頭，便關上房門。

我回到自己的房中，嘆了一口氣，倒在牀上，也不知

道是什麼時候睡着的，直到被一陣**拍門**聲驚醒，我睜

開眼來，才發現天色已經大明了。

　　我連忙去開門，看到彩虹已滿面埋怨之色，站在門

口，**抱怨**道：「表姐夫，你忘記我們要做什麼了？」

　　「記得，當然記得。」我連忙說：「馬上可以出發，

但我們去得太早也沒有用，你吃過早餐沒有？」

「我吃不下。」彩虹滿懷 ❤ 事地搖着頭。

我只好匆匆地洗漱更衣，我的動作已經相當快了，但還是被彩虹催了六七次之多，感覺像逃難一樣走出了酒店的大門，跳上門僮替我們叫來的車子。

四十分鐘後，我們又來到那個**軍事基地** 的大鐵門前，向衛兵講述我們昨天晚上曾來過的情形，希望今天能見到**聯絡官**，讓我們找一個名叫伊樂的人。

其中一名衛兵十分耐心地聽完我講的話，然後回到崗亭通報，但另外一名衛兵卻用槍對準了我們，嚇得那出租車司機面色發白，身子在**發抖**。

五分鐘後，崗亭裏的衛兵又來到了車旁，「麥隆上尉可以接見你們，但是你們不能進入基地，沒有特准的證件，任何人都不得進入基地，這是最高當局的命令，誰都不能**違反**。」

我隨即問：「那我們如何和那位上尉 **見 面** 呢？」

「在前面的駐守人員宿舍中，有一所辦事處是聯絡官專用的，你們可以到那裏去見他。別在這裏逗留了，快走！」那衛兵 **揮** 着手，命令我們快快離開。

車子於是駛到那小鎮的盡頭處，在一所掛着「聯絡官辦事處」招牌的房子前停下來。

我和彩虹下了車，走進那 **屋子** 去，一名年輕的軍官攔住了我們，問明來意，才將我們帶進一間辦公室。

那辦公室內坐着幾名軍官，一名女少尉抬起頭來，那年輕軍官便告訴她：「這兩位想見 **麥隆上尉。**」

女少尉點了點頭，説：「上尉正在等他們，請進。」

我和彩虹進去後，又被帶到另一扇門前，敲了一下門，等到裏面有了回答，我們才走進去，終於見到了麥隆上尉。

　　麥隆上尉十分年輕，不會超過三十歲，態度和藹，還相當 ✦英俊✦。

　　我們在他的面前坐了下來，我又將彩虹和伊樂之間的事詳細地講了一遍，麥隆上尉用心地聽着。

　　最後，我提出了要求：「所以，我想請閣下幫忙，通知伊樂，履行他的 **諾言**，和他的筆友見面，至少讓我們知道他沒有被人控制或禁錮，好讓我們安心。」

聽了我的要求後，麥隆上尉的臉上現出十分為難的神色。

他 **沉吟** 了半晌，才說：「衛先生，高小姐，我十分願意幫助你們，可是這件事太為難了，你們或者不知道，我們這軍事基地，是需要特別 **保密** 的——」

我不禁笑道：「上尉，天下間大約也沒有不需要保密的軍事基地。」

「是的，但是我們的軍事基地更**特殊**，基地中的人員，百分之九十九都不能和外界人士接觸，只有門衛和像我這樣的特定聯絡人員除外。」

我搖頭道：「不至於吧？基地中的人員，也有親屬，這**小鎮**🏠🏠🏠不是全為他們而設的麼？」

「是的，但所有的親屬，都經過嚴格的審查。而兩位遠道而來——」

麥隆上尉禮貌地住了口，他不必講下去，我們也知道他的意思，他想說我們**來歷不明**，要求又奇特，屬於可疑人物。

我早已料到了這一點，於是攤了攤手說：「上尉，我明白你的意思，我沒有你們的✓**許可證**，但是閣下不妨和貴國的最高警務總監聯絡，向他了解一下這種證件持有人的身分。」

我一面說，一面將一份**證件**放在他的面前。

那是國際警方發出的一種特殊身分證明，世上持有這種身分證明的人，大約不會超過六十人。那證件上，有數十個國家最高警務負責人的*親筆簽字*，而持有這證件的人，在那些簽字國的國境內，都可以得到特許的行動自由。

不過，麥隆上尉顯然未曾見過這樣的證件，所以他好奇地端詳了好一會，才說：「好的，我會打

電話去問，請你們到外面去等一等。」

我和彩虹只好退了出來，在外面等着。足足等了十五分鐘，辦公室的門才又打了開來，上尉**笑容**可**掬**地請我們進去，「衛先生，你的身分已經查明了，警務總監也和**國防部**通過電話，我們將會盡一切可能幫助你，請坐！」

我們又在他的面前坐了下來，他說：「我剛剛也和基地的**檔案室**聯絡過，讓他們去查伊樂這個人，一查到就會立即通知我。」

我和彩虹感激地點着頭，然後與麥隆上尉一面閒談，一面等待消息。彩虹幾乎沒有講什麼話，只是心急地望着辦公桌上的那具**電話**。

麥隆上尉顯然是一個大忙人，不斷有電話來找他，也不斷有人來見他。

　　每一次電話響起來，我都看到彩虹臉上現出了充滿

期待的神色，但是在上尉講了幾句話，知道這通電話

與伊樂的事無關之後，她又變得十分失望。

我們等了四十分鐘，彩虹已**焦急**得不耐煩了。電話鈴聲又一次響起，麥隆上尉拿起了電話，説：「是的，我是麥隆上尉，你們的調查結果怎麼樣？」

我和彩虹兩人立時緊張了起來，可是我們聽不到電話中的聲音，只能看到麥隆上尉的反應。他訝異地説：「不會吧，怎麼會**查不到**？是的，他叫伊樂，你肯定基地內根本沒有這個人？」

此時，感到訝異的不止他，還有我和彩虹。

「請你等一等。」麥隆上尉連忙暫停那通電話，抬起頭來，對我們説：「檔案室已查過基地上所有工作人員以及士兵的名單，**沒有伊樂這個人！**」

彩虹的面色一下子變得十分蒼白，緊抿着唇，一言不發，但是任誰都能看得出，她大受打擊，心情極度低落，隨時都會**崩潰大哭**起來。

我極力保持冷靜，細心想了一想，突然覺得這個結果也並不十分意外，因為「伊樂」這個名字，可能只是一個**假名**。

彩虹寄給他的信，由於只有地址，而沒有註明部門，一律放在食堂的信插中，任人去取。那麼，他用一個假名，也不足為奇，這樣可以在**隱藏身分**的同時，依然取得信件。

不過，我心中突然對這個「伊樂」恨了起來，覺得他是個*卑鄙無恥*的騙子，竟用一個假名字和彩虹通信，令彩虹對他神魂顛倒，這傢伙不願意用自己的真實名字，可想而知他對這段關係並不認真，不想負任何責任！

第九章

　　事情發展到這裏，其實已經相當清楚了，「伊樂」是一個**假名**，使用這假名字的人，一定就在那軍事基地之中，只不過他的真名叫什麼，我們還不知道，但是要查出來，也不是什麼難事。

　　我連忙對麥隆上尉說：「我可以直接和這位檔案室的**負責人**講幾句話麼？」

上尉對着電話說:「中校,那位衛先生要和你講幾句話,是的,請你等一等。」

他將電話交到了我的手中,我向電話的另一方禮貌地說:「你好,我是衛斯理。很對不起,我可能打擾到你日常的工作,但是我一定要查到**這個人** 。」

電話那邊是一把相當誠懇的中年人聲音,他說:「我是譚中校,真對不起,我們**查遍**了所有單位的名冊,

都沒有閣下要找的那個人。」

　「可是，他一定在基地之中，『伊樂』可能是他的一個**假名**。」

　「那我就沒辦法了。」譚中校**為難**地說：「我又有什麼辦法，知道誰用了『伊樂』這個假名字？基地內有上千名人員！」

我連忙道：「我有辦法，你可願意幫助我？」

「請你相信我，我們絕對有**誠意**幫助你，國防部曾轉述警務總監的話，説你是一個特殊的人物，要我們盡一切可能**幫助**你。」

中校這樣説，我倒放心了，我接着道：「這三年來，高小姐寫信寄到基地的地址，信封上寫着『伊樂』的名字，不但信有人收，而且每一封信都有回信。那表示，收信的人可以在食堂的**信插**中取到來信，對不對？」

譚中校略停了片刻，才説：「我想是的。」

「那就易辦了！」我説出我想到的辦法：「我們只要再寄一封信來，和以前的信一樣，它必然也會被放進食堂的信插之中，只要你派人或者用**攝像鏡頭**暗中監視，就可以知道那封信是什麼人取走的了。」

譚中校沉吟了一下，「你這個辦法的確可行，但

是⋯⋯為了一件小事，而去監視我們的同袍，會不會有點太過⋯⋯」

「中校，這絕非一件小事！」我說：「你想想，在基地裏，有一個人格可謂十分**卑鄙**的人，違反軍紀對外接觸，而且用十分卑劣的手段，傷害了一個純真少女的心

靈。你怎麼知道他用這個方法，曾跟多少人通過信？而他在信中會不會泄漏了你們的**軍事機密🔒**？這樣的一個人，你總也想將他找出來吧？」

我的聲音愈説愈**激動**。

譚中校也顯然給我説服了，終於説：「好，我會設法監視誰來取信，你去投寄這封信好了，請留下你的聯絡電話，我會直接和你**聯繫**。」

我將我的電話號碼告訴了譚中校，然後把電話筒交回給麥隆上尉。

麥隆上尉與譚中校互相交代了幾句之後，便掛了線。

我立即對上尉説：「多謝你，上尉，多謝你的幫助。」

上尉的兩道濃眉**緊蹙**着，「衛先生、高小姐，我們軍隊之中，竟有那樣卑鄙的人，連我也覺得難過。」

我苦笑了一下，沒有說什麼。

彩虹則望着窗外，她那種哀傷的神情，足以令任何人**我見猶憐**。

大概就是這個原因，麥隆上尉注視着彩虹好一會，突然提議道：「一個星期後，我會有半個月的假期，如果你們還未離去，我願意帶你們參觀遊覽我們的國家，這也算是——我的一份**歉意**。」

我連忙說：「上尉，你又沒有做什麼事損害了我們，何必表示歉意？」

麥隆以無限 **同 情** 的眼神望着彩虹，「可是使得高小姐傷心的人，卻和我在同一部隊。」

這時彩虹終於開口，但聲音聽來很不自然：「所有的事，**不如算了**。」

我和上尉都訝異地問：「什麼？」

彩虹的神情十分複雜，帶點擔憂的語氣説：「如果真的找到了他⋯⋯他是不是會⋯⋯受到**軍紀懲罰**？」

我恍然大悟，原來彩虹聽了我剛才對譚中校所説的那番話，指出「伊樂」違反軍紀對外接觸，因此令她大為擔心。

我禁不住對她**當頭棒喝**：「這個時候你還替他着想？這樣的騙子不值得你為他擔心，如果他是個有責任感的男子漢，就應該為自己的行為負責！」

只見彩虹的眼中已孕育着**淚水**，她勉強説了一句：「表姐夫。」

我明白她叫我是什麼意思，便連忙向上尉告辭：「上尉，那我們先走了！」

麥隆上尉也很**體貼**，親自送我們到了門口，我挽着彩虹向那輛計程車走去，當車子開動之後，麥隆上尉還在

門口，向我們揮着手。

一向堅強的彩虹，也總算在車子駛出了幾十米之後，淚水才**撲簌簌**地掉下來。

我沒有再多說什麼，就讓她好好哭一場。她一心一意愛上了一個從未見過面的人，但如今發現這個人三年來和她通信的名字，竟然是假的，這叫人如何不難過？她被那**騙子**騙足了三年！

回到酒店，彩虹的雙眼已通紅。我送她到她的房間時，才狠心開口說：「彩虹，你快**寫信**，和以前的一樣，我立刻想辦法寄出去。」

彩虹洗了一個臉，等我催她第二遍的時候，她才嘆了一口氣，說：「表姐夫，不必再寫什麼信了，我們回去吧，就當這件事從來都**沒有發生過**。」

事情發展到這個地步，彩虹竟然想就此罷休，我禁不

住問她：「當這件事沒有發生過？你**甘心**嗎？你和這個人通信了三年，投入了那麼深的感情，還千里迢迢遠道而來，你難道不想將他**揪出來**，看看對方到底是怎樣的一個人？」

彩虹搖着頭，反問：「我來這裏是為了什麼？」

「見他。」我說。

「那我為什麼想見他？」她又問。

「為什麼？」我被她問得有點**哭笑**不得，「為了他的承諾，他答應過要去見你。當然還有他的才華、他的心靈，你不是愛上了他的心靈嗎？」

「對。」彩虹低着頭，「可是我們現在都知道了，他的名字是假的，他的**承諾**是假的，他的一切都是假的，他已經不是我想見的那個人了，我們還有必要繼續留在這裏嗎？」

　　「不行！」我堅決道：「我非得將這小子從基地中揪出來，誰知道他還做了多少壞事，**瞞騙**過多少人？這種人不能姑息，必須揪出來，弄個清楚明白，免得他繼續**遺害**其他人！」

　　我將信紙和信封放在她房間的書桌上，彩虹嘆了一聲，坐下來，對着空白的信紙發呆。

我理解她不知道該寫些什麼好，便說：「不必寫信了，只寫信封，塞一張 空白 的信進去就可以。」

彩虹又呆了半晌，顯然是想到了以前和伊樂通信的情形，心中免不了難過。

以前，她在寫信給伊樂的時候，幻想對方可能是一個 風度翩翩 、學識豐富、熱情誠實的青年人，是她心中的白馬王子。

但是現在，幻想完全被 殘酷的事實 所粉碎，伊樂只是一個化名，一個不負責任、沒有人格的騙子的化名！

彩虹呆坐了好久，才寫好了信封。我連忙折了一張空白的信紙，塞了進去，準備去投寄。

可是我突然想到，在本地投寄的話，那個 狡猾 的騙子可能會發現郵票和郵戳上的破綻。我於是到機場去，

找出即將飛往我原來那個城市的班機，拜託航空公司的機艙服務員，幫我把信帶回去我的城市，再寄過來，那就**萬無一失**，與彩虹以往所寄的信無異了。

我估計那封信，不出三天就可以寄達那軍事基地。

第十章

神秘的廣告

　　果然過了兩天，我就收到了譚中校的電話，那時是中午一點鐘左右。我一聽出他的聲音，就立即問：「中校，**結果**怎麼樣**？**」

　　「我看到了那封信，衛先生，它一早就被插在信插中。但是午飯已過，所有的人都應該到過食堂了，卻沒有人拿走**那封信**　　。」

我不禁呆了一呆，感到有點意外，難道哪個地方出錯了，讓對方察覺到 **破 綻**？或是伊樂已經知道我和彩虹來過基地調查他？

我正在 **沉思** 之際，譚中校又問我：「衛先生，你看這件事應該怎麼辦？」

我想了一想，說：「先讓那封信繼續留在信插中，或許那傢伙不想在人太多的時候取走它。中校，請你繼續進行 **監視👁**，直至信被取走了為止。」

譚中校說：「好的，那就再看看情形發展如何。」

我掛線後，立即去彩虹的房間，把目前的情況告訴她。她的眼皮還有點腫，但情緒已經 **平復** 了許多。她走到窗前，望着街上說：「表姐夫，我們該回去了。」

我深吸了一口氣，「好吧，你先走，學校請假太久也不好。我一個人留在這裏就夠了，我會替你繼續調查下

去。」

　　彩虹點了點頭，「好的，那我一個人先回去。」

　　我連忙向航空公司查航機的班期，當天下午，就將她

送上了飛機。

　　晚上我收到了兩通電話，一通是白素打來的，告訴我

彩虹**安全抵達**，她已經成功接機了。我心中頓時輕

鬆了不少，而且可以**毫無顧慮**，全心全意去對付伊樂這臭小子了。

另一通電話來自譚中校，他卻沒有帶來好消息，他說那封信，經過了一整天，仍然留在信插上，沒有人取走！

我度過了**焦躁不安**的一夜，一直到第二天下午一時，譚中校第三次來電話，告訴我那封信仍然在信插上，我感覺到這個計劃已經徹底**失敗**了！

隔了整整的一天，那封信仍然在信插上，幾乎可以證明伊樂不會去取它。

伊樂偏偏這次不去取信，唯一的可能，就是他已經知道我們來了，知道這是一個**陷阱**。可是他怎麼會知道的？莫非伊樂就是那天晚上，兩個衛兵中的一個？或者，化名伊樂的，正是譚中校本人？那真是推理電影才會有的**巧合劇情**。

我又和譚中校討論了一會，承認這個方法失敗了，但又沒有什麼別的辦法，可以將那個伊樂找出來，於是我想起了伊樂的那些信。

我問譚中校，在基地中可有那樣一個**學識淵博**，幾乎無所不知，但是又不喜歡活動的人。

譚中校的回答是否定的。

我於是又問：「那麼，基地中是不是有一個特別重要的人物，身邊有**六個人**在服侍他？」

譚中校笑了起來，「不可能，基地司令的軍銜是上將，身邊也只不過有一個副官和兩個勤務兵而已，不會有六個人服侍一個人的特殊情形。」

我苦笑着，在那樣的情形下，即使我心中千萬個不願意，也不得不**放棄**了。

「對不起，麻煩你了，我想你可以**撤銷監視**👁，

將那封信撕掉算了，我也準備離去。」

　　譚中校十分誠懇地說：「希望你明白，我真的很想幫你，只是**無能為力**。」

　　我嘆了一聲，掛線後，便開始收拾行李。

　　下午五時，我到了機場，飛機六時四十分起飛，辦完

了行李過磅的手續，我拿了一份免費**報紙**，坐下來一邊讀報，一邊等候召喚上機。

現今買報紙的人已經很少，但據我觀察，這份免費報紙在當地相當**流行**，每天我在不同的地方都留意到這份報紙的蹤影，只是到現在臨離開了，才有機會拿一份來細看。

我只是隨便地翻着看，卻突然之間，被一段**廣告**吸引，那段廣告所佔的版位不大，只有兩個字比較大一些。然而，我就是被那兩個較大的字吸引住了，那兩個字就是——**彩虹**！

而當我再去看那些小字時，我的心頭頓時狂跳了起來，那內文只有幾句，但足以使我的行動計劃完全改變。

那些小字是：「知你已來，但他們不讓我見你，我無**行動自由**，請原諒我，伊樂。」

　　我當時是坐着的，但一看到那段廣告，整個人不禁**直**

跳了起來，我的行動一定太突兀了，是以令到我身邊

的一位老太太也嚇了一大跳。

　　我來不及向那位老太太道歉，就拔足奔出機場，上

了一輛計程車，直來到那家**報館**中，找到了負責處

理廣告的人，我指着那段廣告問他：「這段廣告是誰刊登

的？請你告訴我！」

那負責處理廣告的人，用一種非常不友善的態度打量着我，我取出那證件來：「我是 **國際警方** 的人員，你必須與我合作！」

那人才萬般不願地敲打鍵盤，查找電腦紀錄，慢條斯理地說：「一般來說，來登廣告的客戶，他們的來歷、姓名都受到保護，不應 **泄露**，除非刊登的廣告有違反法律的地方……」

我忍不住道：「那廣告違反了非常嚴重的法律，所以我才來調查！」

我看出他 **半信半疑**，但他的臉上忽然又現出奇怪的神色來，我連忙問：「怎麼樣？是不是查到了？」

「查到了。」他抬起頭來，質疑的神色加重，「但是，那廣告……怎麼可能 **違法** 呢？」

我大概猜到他為什麼會有這樣的反應，便乾脆直接問

他：「登廣告的人，是不是身分很**特殊**？他是……一名軍人？」

「你怎麼知道？」他訝異地瞪了一下眼，但表情很快變得有點**模棱兩可**，「可以說是，也可以說不是。」

「你在說什麼？說清楚一點！」我有點不耐煩。

「那是**軍部**送來的。」他說。

我不禁愣了一愣，然後嘗試問得更精確一些：「是軍事基地送來的，對不對？」

他點頭道：「是，是昨天送來的，和另一段軍事廢料拍賣的廣告一起，**兩段廣告**今天一同刊登。」

「送來的是電子稿，還是實體稿？請將原稿交給我，兩個廣告我都要。」

「可是……軍方的廣告，怎麼可能會違法呢？」他對

我的疑心非常重，我不得不**嚇唬**他，使他盡快就範，

於是說：「我們懷疑有間諜通過那些廣告向敵對勢力泄露

軍事情報，如果你不合作，我們免不了會懷疑你在維護對

方，與**間諜案**有關，這涉及犯罪——」

　　這個方法果然奏效，我說到這裏，他已經害怕得收起

傲慢的態度，迅速在一堆文件中，找到了那兩份原稿，遞

給我，「找到了，就是這兩份，軍事基地一向都是送實體稿件過來的。」

那是兩張打印出來的稿件，我先看一張，內容是拍賣廢棄器材的廣告，上面寫着「**後勤科發**」的字樣。

另外一張，就是那個使我吃了一驚的廣告，稿件內容和登出來的一樣，但這篇廣告並非「後勤科發」，而是標示着「**第七科發**」。

我估計「第七科」只是一個代號，基於保密的原因而來，它可能是「保衛科」，也可以是「飛彈科」。雖然我不知道它實際上是什麼科，但有一點卻幾乎可以肯定，**伊樂**就在這個第七科裏！

伊樂究竟是怎樣的一個人？還未前來尋找他之前，我一度以為他是殘疾人士；後來，我又認為他是一個騙子；可是到了現在，他似乎也未必是一個騙子，因為他沒必要

冒那麼大的風險，偷偷刊登這個廣告。所以我不禁在想，他對彩虹難道是**真♥**的？他在軍中到底負責什麼樣的工作，會使他沒有行動自由？然而，他又用什麼辦法將這份廣告稿送出來的呢？

　　我雖然找到了非常重要的**證據**，可是心中的疑問反而變得更多。

我本來想立刻和譚中校聯絡，但是又隨即想到，譚中校是基地中的**高級軍官**，如果伊樂是基於某種規定而不能和外人相見的話，那麼譚中校也必然要服從規定，不能站在我這一邊。也就是說，找譚中校的話，非但沒有用，更會壞事。

看看手表，早已過了飛機起飛的時間，我決定留下來，策劃**新**的行動。

我將兩份廣告的原稿折好，放進口袋中，向那人揮了揮手，「多謝你的合作。」

那人變得非常客氣，一直送我走出報館門口，並不斷強調自己一向都按指定流程工作，不認識軍中任何人。

「嗯，我相信你是**清白**的。」我忍住不笑，和他握了一下手，便離開了報館。

我到了另一家酒店，要了一個房間，然後把自己關在

房間內，專注地 **思索** 着。

　　其實我心中已有行動計劃，這時只不過在檢討我的計

劃是否可行。而我的計劃就是：**潛入** 那個 **軍事**

基地 ■ **去！**（待續）

衛斯理系列 *少年版* 35

筆友 ⑭

作　　　者：衛斯理（倪匡）

文字整理：耿啟文

繪　　　畫：鄺志德

助理出版經理：林沛暘

責任編輯：陳志倩

封面及美術設計：張思婷、雅仁

出　　　版：明窗出版社

發　　　行：明報出版社有限公司

　　　　　　香港柴灣嘉業街 18 號

　　　　　　明報工業中心 A 座 15 樓

電　　　話：2595 3215

傳　　　真：2898 2646

網　　　址：http://books.mingpao.com/

電子郵箱：mpp@mingpao.com

版　　　次：二〇二四年五月初版

Ｉ Ｓ Ｂ Ｎ：978-988-8829-24-8

承　　　印：美雅印刷製本有限公司